AF555465

22 dec. 1862

Produit 2771f

CATALOGUE

D'UNE COLLECTION

DE

TABLEAUX

ANCIENS

EN GRANDE PARTIE DE

Maîtres Hollandais et Flamands

Récemment arrivés de l'Étranger

DONT LA VENTE AUX ENCHÈRES PUBLIQUES AURA LIEU

HOTEL DES COMMISSAIRES-PRISEURS

RUE DROUOT, N° 5

SALLE N° 2

Le Lundi 22 Décembre 1862

A DEUX HEURES PRÉCISES

Par le ministère de Mᵉ **DELBERGUE-CORMONT**, Cʳᵉ-Priseur, rue de Provence, 8,

Assisté de M. **DHIOS**, Expert, rue Le Peletier, 33.

CHEZ LESQUELS SE DISTRIBUE CE CATALOGUE

EXPOSITION PUBLIQUE

Le Dimanche 21 Décembre 1862, de midi à cinq heures.

PARIS

RENOU & MAULDE

IMPRIMEURS DE LA COMPAGNIE DES COMMISSAIRES-PRISEURS

Rue de Rivoli, 144.

1862

EXEMPLAIRE DE DHIOS

107 30
77 5
2 50

10 – 66
15 – 18
17 – 28
1920 – 46
26 – 19.80
99 – 28.
40 – 47
44 – 12
45 – 29
50 – 30
57 – 67
65 – 11.10
68 – 81
70 – 31
76 – 68

507.00
24 80
531.80

CATALOGUE

D'UNE COLLECTION

DE

TABLEAUX

ANCIENS

EN GRANDE PARTIE DE

Maîtres Hollandais et Flamands

Récemment arrivés de l'Étranger

DONT LA VENTE AUX ENCHÈRES PUBLIQUES AURA LIEU

HOTEL DES COMMISSAIRES-PRISEURS

RUE DROUOT, N° 5

SALLE N° 2

Le Lundi 22 Décembre 1862

A DEUX HEURES PRÉCISES

Par le ministère de Me DELBERGUE-CORMONT, Cre-Priseur,
rue de Provence, 8,

Assisté de M. DHIOS, Expert, rue Le Peletier, 33.

CHEZ LESQUELS SE DISTRIBUE CE CATALOGUE

EXPOSITION PUBLIQUE 

Le DIMANCHE 21 Décembre 1862, de midi à cinq heures.

PARIS

RENOU & MAULDE

IMPRIMEURS DE LA COMPAGNIE DES COMMISSAIRES-PRISEURS

Rue de Rivoli, 144.

1862

D05412

CONDITIONS DE LA VENTE

Elle sera faite au comptant.

Les Acquéreurs paieront en sus des adjudications, CINQ CENTIMES PAR FRANC applicables aux frais.

DÉSIGNATION

DES

TABLEAUX

BACKUYZEN (Signé L.)

1 — Marine.

Sur la plage, une femme cause à des marins.

BEGA (Corneille)

2 — Deux buveurs causent familièrement à une servante.

BEMMEL

3 — Extérieur de ferme.

On voit un nombreux troupeau de vaches et moutons; une servante trait une vache.

BERG (école anglaise)

4 — Portrait de Georges III, roi d'Angleterre.

BLOOT (de. P)

5 — Intérieur villageois.

BOUCHER (F.)

6 — Deux baigneuses surprises par un cygne
(Pastel.)

BRAUWER (A.)

7 — Inéricur de cabaret.

BREEMBERG (B.)

8 — Paysage orné de figures.
Sur la droite, une ancienne ville bâtie contre des rochers.

BERGHEM (N.)

9 — Paysage avec bergers et animaux.

BREKELEMKAMP

10 — Intérieur hollandais où une vieille femme est représentée filant.

BREUGHEL (LE VIEUX)

11 — La première nuit de noce.

BREYDEL

12 — Chevaux et cavaliers arrêtés devant une auberge.

CAMPHUISEN (D. R.)

13 — Paysage avec troupeau de vaches conduit par un berger qui cause à une villageoise.

CAMPHUISEN (D. R.)

14 — Le repas de famille, scène d'intérieur rustique.

CARRÉ (M.)

15 — Portrait de jeune fille représentée à l'entrée d'un parc.

CARRÉ (Michel)

16 — Paysage avec marche d'animaux.

CATEL (Élève de W. Mièris)

17 — Jeune fille et jeune garçon représentés sur l'appui d'une fenêtre, regardent une cage qui contient un nid d'oiseaux.

Tableau très-fin.

CLOUET (École des)

18 — Portrait de Charles IX, roi de France.

CUYP (A.)

19 — Mon oie fait tout !

DU MÊME

20 — La marchande de volaille.

Pendant du précédent.

CUYP (A.)

21 — Vaches au repos au bord d'une rivière; sur la gauche, une tour en ruines.

DU MÊME

22 — Plat de pêches.

DU MÊME

23 — Marine.

Environs de Dorth.

DU MÊME

24 — Pêches, raisin et poires posés sur une table couverte d'un tapis.

DU MÊME

25 — Paysage.

Au centre, un chemin traverse un bois.

DU MÊME

26 — Cavaliers dans un paysage.

DEVRIES

27 — Paysage avec habitations sur le bord d'une rivière, où sont plusieurs barques.

DIÉTRICI

28 — *Rendez-vous de chasse.*

Plusieurs dames et cavaliers, assis et debout, dans un parc, près d'une pièce d'eau, regardent du gibier posé à terre.

DOÈS (S. VANDER)

29 — Paysage avec enfants gardant des moutons.

DROOGSLOOT

30 — Place de village animé d'un grand nombre de figures.

DYCK (A. VAN)

31 — Portrait d'homme représenté presque de face, une main appuyée sur la poitrine.

ECKHOUT (VAN)

32 — Rebecca et Éliezer.

FALENS (VAN)

33 — Halte de chasseurs.

A la suite d'une partie de chasse, plusieurs dames et chasseurs descendus de leurs chevaux, se reposent.

Charmante composition dans le goût de Wouvermans.

FALENS (VAN)

34 — Halte de chasse.

Jolie composition dans la manière de Wouvermans.

GOYEN (J. VAN)

35 — Paysage.

Sur le premier plan, un groupe de quatre villageois font la conversation.

HALS (F.)

36 — Étude d'un buveur riant devant un verre plein posé devant lui.

Belle esquisse.

HARI (G.)

37 — La Ménagère.

HEEM (David de)

38 — Fruits et nature morte.

HELST (B. Vander)

39 — Portrait d'homme avec blason.

HEYDEN (Vander)

40 — Vue d'une ville de Hollande bordée par un canal.

Tableau très-fini orné de figures.

HOUBRAKEN

41 — Allégorie mythologique.

HUIS (Signé N.)

42 — Fruits et papillons.

JORDAENS (J.)

43 — Portrait d'homme, avec blason.

KAREZ DUJARDIN

44 — Paysage avec paysan conduisant un âne.

KESSEL (J. Van)

45 — Vue d'une ville baignée par une rivière.

KNELLER

46 — Portrait d'un personnage de distinction.

KOBEL (J.)

47 — Deux vaches et un berger dans un pâturage, près d'une barrière en planches.

LAQNY (J.)

48 — Scène d'intérieur.

Une jeune femme regarde un singe placé devant elle.

DU MÊME

49 — Savant assis devant une table où est posé un livre ouvert; d'une main, il tient une fiole qu'il regarde avec attention.

LÉPICIÉ

50 — Portrait d'un jeune garçon tenant une souricière.

LUBIENIETZKI (Signé 1703)

54 — Portrait d'homme représenté assis à l'entrée d'un parc.

MASTENBROCK (Signé 1802)

52 — Animaux au pâturage.

MASTENBROCK

53 — Intérieur d'étable.

MATTON

54 — Tête de vieillard.

MEERHOUT

55 — Bord de rivière avec deux pêcheurs à la ligne.

METZU (d'après)

56 — Jeune seigneur, le chapeau à la main.
Esquisse.

MIÉRIS (F.)

57 — Portrait d'homme.

Il est représenté de face, vêtu d'une robe de chambre; derrière lui une colonne, à gauche, une draperie.

MOLENAER (J.)

58 — Scène d'intérieur.

MOMMERS

59 — Marché aux légumes.

MORELS (P.)

60 — Portrait d'homme.

Il porte moustache et une collerette tuyautée autour du cou.

MORTELS (Signé)

61 — Pêches, raisin et autres fruits.

MOUCHERON

62 — Paysage accidenté.

Au centre, deux hommes pêchent au filet.

MUSSCHER

63 — Portrait d'une dame représentée debout dans un parc.

MUSSCHER

64 — Portrait d'un jeune chasseur, représenté debout, avec un chien à ses pieds, à l'entrée d'un parc.

NETSCHER (C.)

65 — Portrait de femme.

Ses cheveux et sa robe sont ornés de perles

OCHTERVELT

66 — Les mangeurs d'huîtres.

Jolie scène d'intérieur.

OS (Signé P. G. Van)

67 — Faisan mort, pendu par la patte.

OSTADE (A.)

68 — Buveurs attablés à la porte d'un cabaret.

PANINI

69 — Vue d'un palais.

PÉTEERS (Bonaventure)

70 — Vue d'une ville maritime.

SIBURY (École Anglaise)

71 — La mort de Jeanne Gray.

STRY (J. Van)

72 — Paysage avec animaux.

Une vache se désaltère au bord d'une rivière.

STRY (J. Van)

73 — Animaux au repos près d'une rivière; une femme trait une vache.

STRY (A. Van)

74 — Intérieur d'une maison hollandaise.

TENIERS (D.)

75 — Intérieur avec trois fumeurs.

TERBURG (G.)

76 — La partie de cartes.

Charmante scène d'intérieur à trois personnages.

TERBURG (G.)

77 — Portrait d'une femme représentée en buste.

DU MÊME

78 — Portrait d'homme.

VELDE (W. Van de)

79 — Marine.

Entrée d'un port.

(Grisaille).

VENNE (Vander)

80 — Dame et cavaliers suivis d'un page. Costumes du xvie siècle.

VERBURY

81 — Peintre à son chevalet.

WYNANTS (J.)

82 — Paysage avec terrains accidentés.

Un pâtre garde un troupeau qui vient s'abreuver à un ruisseau.

WYNANTS (Signé)

83 — Paysage avec une route cotoyant une chaumière et terrains accidentés.

WYNANTS (J.)

84 — Paysage.

Sur le premier plan, un chemin bordant une mare d'eau conduit à un village

Signé du Monogramme P. W.

85 — Batterie de paysans à la porte d'un cabaret

ÉCOLE FLAMANDE

86 — Intérieur d'une église d'une très-belle architecture et orné de figures.

ÉCOLE GOTHIQUE FLAMANDE

87 — La Vierge et l'Enfant Jésus.

ÉCOLE MODERNE

88 — Jeunes filles dans un paysage.
(Esquisses, deux pendants

INCONNU

89 — Allégorie historique.

INCONNU

90 — Portrait de Charles VII, roi de France.

Renou et Maulde, imprimeurs de la Compagnie des Commissaires Priseurs, rue de Rivoli, 144. 18686

105
120
265
410
190
305
230
220
175
290
205
290
180

2945

2945

105
120
265
410
190
305
230
220
175
290
205
290
180

2945

www.ingramcontent.com/pod-product-compliance
Lightning Source LLC
LaVergne TN
LVHW020503230826
846091LV00008BA/3324

* 9 7 8 2 3 2 9 4 7 7 4 4 2 *